Precious Moments
Ha resucitado
Obsequiado a
En ocasión de
Fecha

Betania es un sello de Editorial Caribe, Inc.

Una división de Thomas Nelson, Inc.
Nashville, TN—Miami, FL, EE.UU.
www.caribebetania.com

Título en inglés: *He is Risen*

Traductora: Tulia Lavina

ISBN: 0-88113-728-6

Impreso en Singapur
Printed in Singapore

¿Por qué buscáis entre los muertos al que vive? No está aquí, sino que ha resucitado.

Lucas 24.5-6

Mientras amanecía aquella mañana de domingo, amanecía también la esperanza de la creación de Dios. Jesús, el que habían crucificado por nuestros pecados, había resucitado, y su obra de salvación estaba completa para los que invocaran su nombre. ¡Qué gloriosa hora para celebrar! Esta Semana Santa, antes que terminen todas las celebraciones, esperamos que *Ha resucitado* haya ofrecido a su familia un cuadro hermoso del significado verdadero de la Pascua. Junto a las delicadas ilustraciones de Sam Butcher, los amados personajes de Precious Moments® hay versículos fáciles de aprender. Es una manera simple y hermosa de recordar el amor de nuestro Señor durante la Pascua… y cada día.

God
Bless our
Happy
Home

Estas palabras que
yo te mando hoy,
estarán sobre tu corazón;
y las repetirás a
tus hijos.

Deuteronomio 6.6–7

Todos nosotros nos descarriamos como ovejas, cada cual se apartó por su camino; mas Jehová cargó en él el pecado de todos nosotros.

Isaías 53.6

Él herido fue por nuestras rebeliones, molido por nuestros pecados; el castigo de nuestra paz fue sobre él, y por su llaga fuimos nosotros curados.

Isaías 53.5

Cuando llegaron al lugar
llamado de la Calavera,
le crucificaron allí,
y a los malhechores,
uno a la derecha y otro
a la izquierda.

Lucas 23.33

SamB

Jesús, clamando a gran voz, dijo: Padre, en tus manos encomiendo mi espíritu. Y habiendo dicho esto, expiró. Cuando el centurión vio lo que había acontecido, dio gloria a Dios, diciendo: Verdaderamente este hombre era justo.

Lucas 23.46–47

He aquí
el Cordero de Dios,
que quita el pecado
del mundo.

Juan 1.29

Hubo un
gran terremoto;
porque un ángel del Señor,
descendiendo del cielo
y llegando, removió
la piedra, y se sentó
sobre ella.

Mateo 28.2

CRAYONS

No temáis vosotras;
porque yo sé que buscáis
a Jesús, el que fue crucificado.
No está aquí, pues ha
resucitado, como dijo.
Venid, ved el lugar donde fue
puesto el Señor.

Mateo 28.5b-6

Se acordarán,
y se volverán a Jehová
todos los confines de la tierra,
y todas las familias
de las naciones adorarán
delante de ti.

Salmo 22.27

Jehová es mi pastor;
nada me faltará.
En lugares de delicados pastos
me hará descansar; junto a
aguas de reposo me pastoreará.
Confortará mi alma;
me guiará por sendas de justicia
por amor de su nombre.

Salmo 23.1-3

Como pastor
apacentará su rebaño;
en su brazo llevará
los corderos,
y en su seno los llevará;
pastoreará suavemente a
las recién paridas.

Isaías 40.11

HAPPY
STER

Yo me alegré con los que me decían: A la casa de Jehová iremos.

Salmo 122.1

Una cosa he
demandado a Jehová,
ésta buscaré; que esté yo en
la casa de Jehová todos los días
de mi vida, para contemplar
la hermosura de Jehová, y para
inquirir en su templo.

Salmo 27.4

Decía a todos:
Si alguno quiere venir
en pos de mí, niéguese
a sí mismo, tome su cruz
cada día, y sígame.

Lucas 9.23

Estas palabras que yo te mando hoy, estarán sobre tu corazón; y las repetirás a tus hijos.

Deuteronomio 6.6-7

Cuando las mujeres descubrieron que Jesús había resucitado, no fueron caminando a avisar a los otros discípulos: ¡corrieron! En verdad, la noticia de la resurrección de Jesús es tan emocionante que ha ido pasando de generación en generación, de padre a hijo y de hijo a amigo. Únase a la celebración, no solamente esta Pascua sino el año entero, de que su Salvador ha resucitado. Como las mujeres y los discípulos, comparta la alegría que ha encontrado con otros que quizás nunca han oído las buenas nuevas de Jesucristo. Él ha resucitado, y el hecho de que vive es motivo de que nos regocijemos en el amanecer de cada nuevo día. ¡Aleluya!